51

$L6.1484.$

DÉFENSE

DE

M. FAIVRE,

PRÉSENTÉE PAR LUI

AUX ASSISES DU RHONE,

LE 23 AOUT 1832.

..... Discerne causam meam de gente non sanctâ ;
ab homine iniquo et doloso erue me.

PSALM. XLII.

A LYON,

DE L'IMPRIMERIE DE CHARVIN,

Rue Chalamon, près la rue Trois-Carreaux.

1832.

INTRODUCTION.

JE suis absous ! je dois ce bienfait , moins
à l'indulgence du jury qu'à son admirable
impartialité. J'ai été assez heureux pour tom-
ber entre les mains d'hommes purs , inca-
pables de prononcer le oui fatal sur de simples
présomptions , sur de vagues indices.

Honneur et respect aux gens de bien dont
la conscience ne se décide point à la hâte et
se défie des préjugés qu'inspire trop souvent
l'esprit de parti !

Mais aussi , gratitude éternelle au défenseur
dont les avis et la chaleureuse éloquence ont
contribué si puissamment à mon salut ! Qu'il
reçoive le témoignage public de ma recon-
naissance et de mon admiration pour ses
talens !

J'avais formé la *quasi-résolution* de révéler,
touchant les manœuvres exercées à l'égard de
M. Currat, certaines vérités que je n'ai pu

mettre au jour le 23 août, par la raison que l'avocat de M. Charvin s'y opposait, et que M. Charvin et moi étant accusés d'une manière solidaire, il était juste que je soumisse mon plaidoyer à son défenseur. Mais la chaleur du combat qui m'animait encore, il y a huit jours, s'est calmée; mes sens se sont rassis. Je laisserai *l'honorable* M. Prat pour ce qu'il est. Puisse-t-il me payer de la même monnaie!

Je me borne en publiant ma défense, à rétablir certains passages que j'avais supprimés par le conseil de nos deux avocats. On les trouvera ci-dessous notés par des guillemets.

On trouvera pareillement sous forme de conclusion, à la fin de mon discours, une espèce de réplique fort courte que j'avais rapidement écrite pendant la plaidoirie de M. Margerand; je me préparais à la prononcer, lorsque M. Desprez prit la parole, et fit pour moi, dans une improvisation brillante, mille fois mieux que je n'aurais pu faire moi-même.

DÉFENSE

DE M. FAIVRE.

———⚬⚬⚬———

Messieurs de la cour et messieurs les jurés !

En me décidant à vous présenter moi-même ma défense, sous les auspices de l'avocat distingué qui a bien voulu me seconder de ses conseils et de ses talens, je me suis promis de vous exposer les faits avec simplicité, de peser avec soin chacune de mes paroles, et de ne point sortir des bornes de la plus scrupuleuse modération. Loin de moi toute aigreur, tout ressentiment contre les personnes qui ont cru devoir me livrer à la sévérité des tribunaux.

Je n'ajouterai rien par le scandale, à la triste célébrité qui me menace, célébrité de gazettes qu'ambitionnent parfois les hommes de parti, et que ma raison répudie ; en un mot, je me rappellerai que si la fermeté sied bien à un innocent, le front d'un accusé doit être toujours décent et modeste.

Vous me pardonnerez, je l'espère, quelques détails historiques sur les faits qui ont précédé ou accompagné les poursuites dirigées contre moi depuis près d'un an; ces détails pourront, au premier abord, vous paraître superflus; mais à mesure que je les déroulerai sous vos yeux, vous vous apercevrez vous-mêmes qu'ils ont une connexion intime avec le procès que vous êtes appelés à juger, et que je n'aurais pu les supprimer sans nuire à ma propre cause.

MESSIEURS LES JURÉS,

Une triple accusation menace ma fortune et ma liberté; c'est, à mon avis, la garantie la plus solide que je puisse avoir de votre attention et de votre impartialité.

Les faits qui, en dernier résultat, m'ont conduit sur le banc des accusés, ne datent point, comme vous pourriez le croire, de l'époque où furent distribués les pamphlets que l'on m'accuse d'avoir fait imprimer. Leur origine remonte sinon à la révolution de 1830 elle-même, du moins aux événemens politiques qui en furent la conséquence immédiate.

Vous prouver que les soupçons les plus injustes, et parfois les plus ridicules, ont plané sur moi de-

puis deux ans , que je suis devenu , sans provocation , le point de mire de la police qui n'a cessé de
me traquer sur les indices les plus illusoires et les
plus frivoles ; vous démontrer que depuis long-temps
j'étais coupable à ses yeux , lorsque par l'effet de
circonstances que je n'ai pu ni prévoir ni pré-
venir , le hasard lui fournit enfin des armes contre
moi ; ce sera vous donner la mesure des préjugés
funestes qui ont dicté l'acte d'accusation dont on
vient de vous donner connaissance. Vous com-
prendrez que , si la police s'est déjà trompée fort
souvent à mon égard , il est bien possible qu'elle
se trompe encore cette fois-ci ; et vous demeurerez
convaincus , je l'espère , qu'aujourd'hui même en
m'accusant , elle ne sait pas encore si je suis réellement le coupable qu'elle voudrait atteindre.

Mais les préventions dont je me plains ont sans
doute une cause secrète ; cette cause, Messieurs ,
j'éprouve le besoin de vous la révéler.

Incapable d'apostasie , je ne vous dissimulerai
point au jour du péril mes affections politiques,
ni les principes invariables dont l'expression trop
franche , et peut-être la défense trop chaleureuse,
m'ont compromis ; ces principes font partie de mon
être moral, comme mon sang de mon organisation
physique. Si c'est un crime je suis coupable..... ,
mais un coupable incorrigible et sans remords !...

Lorsque la révolution de juillet éclata , je ne fis
point un mystère de ma douleur , ni de mes pres-
sentimens funestes sur le sort qui me paraissait

menacer la France. J'étais alors médecin de deux établissemens d'aliénés, et assermenté pour les rapports près les cours et tribunaux de Lyon ; car il faut que vous le sachiez! Ma voix a souvent éclairé la justice dans cette enceinte où je comparais aujourd'hui comme accusé! Alors on m'écoutait avec intérêt, et M. l'avocat-général lui-même ici présent, dans quelques circonstances que je pourrais rappeler à sa mémoire, m'honorait de sa bienveillance et de ses encouragemens. Je perdis tous ces avantages les uns après les autres, et voici à quelle occasion.

M. Paulze d'Yvoi, alors préfet du département du Rhône, demanda le serment aux administrateurs des hôpitaux de Lyon. Ceux-ci le refusèrent, et durent se résigner à la retraite ; il fit plus : il voulut que tous les employés des hôpitaux fussent soumis à la même formalité. Mais, par une anomalie bizarre, ou plutôt, tranchons le mot, par une injustice concertée avec les ambitieux intéressés à la chose, cette exigence ne porta ses effets que sur l'Antiquaille où j'étais chargé de la division des aliénés, et non sur l'Hôtel-Dieu, ni sur la Charité. Je refusai le serment.

Je dois rendre cette justice aux nouveaux administrateurs de l'Antiquaille, qu'ils firent tout ce qui dépendait d'eux pour me garder ; mais il y allait de mon honneur et de ma conscience à revenir sur mes pas ; je me retirai.

Je connais ceux qui ont indignement poussé le

préfet à cet acte arbitraire : je ne les nommerai jamais ; mais il est juste de signaler à l'estime publique celui de mes confrères qui a refusé nettement de se mettre sur les rangs pour s'emparer de mes dépouilles : personne ne sera surpris, quand j'aurai nommé M. le docteur MOREL.

Je me laissai aller, je l'avoue, à quelques murmures ; je ne dissimulai ni ma mauvaise humeur, ni l'opiniâtreté toute franc – comtoise de mes opinions politiques.

Quoi ! disais-je, au moment où les Français se réveillent aux accens magiques de la liberté, on garotte cette liberté par des sermens ! Et à qui les demande-t-on ? à des médecins d'hôpital, à des hommes qui, par devoir et par la nature toute pacifique de leurs fonctions, devraient passer inaperçus au milieu des orages politiques. Qu'a de commun l'art de guérir avec les opinions qui se heurtent et les partis qui se déchirent ? Est-ce qu'un médecin légitimiste ou démocrate prêche la république ou le droit divin dans une salle de fiévreux, dans des loges de fous ?

Je conçois à toute force qu'un gouvernement de fait surveille les professeurs des écoles ; on ne sait que trop leur influence sur les jeunes têtes qu'ils dirigent. Mais un simple praticien, et à plus forte raison, un médecin d'aliénés, n'est-il pas nécessairement inoffensif, et, selon toute justice, indifférent à tout gouvernement raisonnable ?

Tel est le sort de la faible humanité qu'en temps

de troubles les vainqueurs et les vaincus se traitent en ennemis irréconciliables, sans équité et sans miséricorde. Les vertus des uns sont des crimes irrémissibles aux yeux des autres. Etes-vous inflexible dans vos principes? vous êtes suspect. Etes-vous doué d'une ame ardente, énergique? on vous accuse de conspiration, et si on n'en découvre aucun indice, vous n'en êtes que plus dangereux. Avez-vous souffert sans trop de murmure quelque grave injustice? on vous classe aussitôt dans la catégorie des mécontens. On ne suppose pas que votre résignation apparente soit sincère ; on vous attribue des projets de vengeance, que sais-je même? le désir de sanglantes représailles. Vous voilà, malgré vous, un chef de parti. La police vous espionne, et, pour se rendre importante, signale les amis qui viennent s'asseoir à votre foyer domestique ; et si alors quelqu'écervelé à qui elle ne pense pas, fait une folie ou commet un délit, n'ayez pas peur qu'elle s'adresse au coupable ; elle ne manque jamais, en pareille occurrence, de frapper à côté du but, ni d'égarer la justice, après s'être trompée elle-même.

Messieurs, voilà mon histoire.

Quelle était cependant la règle de conduite que je m'étais imposée depuis mes derniers adieux à l'hospice de l'Antiquaille? la voici :

Je réparai la perte de ma place en m'adonnant avec plus d'assiduité que jamais aux travaux de ma clientelle. Je m'armai de prudence et de circonspection dans chacune de mes démarches. Je m'éloignai le plus possible des hommes connus par leur exaltation. J'évitai autant qu'il était en moi ces discussions politiques dont le résultat le plus ordinaire est d'envenimer les partis dissidens, bien loin de les rapprocher. Enfin, exclusivement renfermé dans l'exercice paisible des devoirs de mon état, je crus que tout bon citoyen devait abandonner à Dieu l'avenir de la patrie, et qu'il n'appartenait pas aux hommes de hâter, par leurs efforts de pygmées, l'heure que sa miséricorde a marquée pour son salut.

Ce fut pendant l'été de 1831 que parut dans le Précurseur une lettre signée par un sieur Jacquier, diatribe virulente et pleine de menaces contre ce qu'on appelle encore aujourd'hui *les Carlistes*. Cet honnête homme voulait, entr'autres choses, qu'en cas d'invasion étrangère, on détruisît par le fer ou par le feu, comme ennemis publics, tous ceux qui n'auraient pas souri de bonne grâce à la révolution de juillet et aux béatitudes du nouveau régime.

Un de mes amis m'envoya, pour le faire imprimer, un manuscrit ayant pour titre : *Réponse d'un grenadier de la 3me légion au sieur Jacquier.*

Je le portai chez M. Charvin dont le prote, en son absence, s'engagea à remplir mes intentions. Le dépôt de cet écrit fut fait à la préfecture. Je priai M. Currat de me garder le secret, ne voulant pas que mon nom parût à l'occasion d'un écrit politique et à plus forte raison d'un opuscule dont je n'étais pas l'auteur. Depuis ce temps-là, je n'ai eu d'autres relations avec le sieur Currat que pour régler mes comptes avec lui et ensuite ceux de mon père avec M. Charvin, à l'occasion d'un prospectus de journal dont l'impression avait eu lieu à peu près dans le même temps chez ce dernier.

Telle était ma position politique lorsque j'appris, le 14 juillet 1831, que mon frère était tombé dangereusement malade à Besançon. Je demandai aussitôt un passeport qui me fut accordé dans la journée du 15, et je partis le même jour à six heures du soir, n'emportant avec moi qu'une petite malle remplie des hardes nécessaires pour un voyage de quelques jours.

On s'était exagéré les dangers qu'avaient courus mon frère; il était mieux à mon arrivée. Je résolus, en conséquence, d'utiliser mon voyage et de visiter quelques parens à Vesoul et à Salins. Mes excursions furent rapides; enfin je revins à Lyon le 25 juillet, à six heures du soir.

Qui le croirait? Ce voyage dont le but était si légitime, et les circonstances si faciles à vérifier par une enquête, fut pour moi l'occasion d'une infinité de tracasseries, et pour la police, un grave sujet d'inquiétude.

On avait fait courir, en mon absence, les bruits les plus absurdes. Mon voyage avait coïncidé par hasard avec le retour de madame la duchesse de Berry sur le continent. On tira de ce fait la judicieuse conclusion que j'avais été chargé d'une mission secrète pour les émissaires de la princesse en Franche-Comté.

On assura que la maladie de mon frère n'avait été que le motif apparent de mon départ, mais qu'en réalité il avait un but plus important et tout politique.

Je ne sais si la police accrédita ces rumeurs, ni jusqu'à quel point elle contribua à leur donner de la consistance; ce qu'il y a de certain, c'est qu'elles furent accueillies généralement avec la crédulité la plus inconcevable, et que M. Prat me dénonça formellement au procureur du roi, comme distributeur d'écrits séditieux.

J'en eus avis de toutes parts; mes amis m'avertirent de veiller à ma sûreté; on m'annonça que je recevrais incessamment une visite domiciliaire; on me dit enfin de prendre garde à moi et que je pourrais bien être arrêté.

Pressé par tant d'avertissemens, mais fort de mon innocence, je pris de moi-même le parti le plus naturel et le plus court, celui d'aller trouver M. le procureur du roi lui-même, et de lui demander franchement s'il y avait des charges contre moi et de quelle nature étaient ces charges.

Notre entrevue fut courte, mais catégorique : M. le procureur du roi m'avoua que j'étais signalé par la police comme auteur, éditeur ou distributeur de pamphlets *infâmes* et *abominables*. Ce furent ces expressions. Il m'assura cependant que les dénonciations qui lui avaient été faites sur mon compte étaient vagues et n'avaient trait à aucun écrit qui lui eût été désigné nominativement.

Il finit par me faire entendre que mes fonctions

de médecin assermenté près des tribunaux étaient
incompatibles avec l'état d'hostilité où je m'étais mis
avec la royauté du 7 août, par mon refus de serment ; et il fut décidé que je donnerais ma démission aussitôt que mon remplaçant serait trouvé.

Malgré ma disgrace, j'eus à me louer des égards
que M. le procureur du roi eut pour moi dans cette
circonstance : le zèle qu'il a mis plus tard à me poursuivre ne m'a point fait oublier ses bons procédés
de ce temps-là.

Arrêtons-nous ici, Messieurs, et commençons à
tenir compte des dates.

Vous le voyez ; j'étais dénoncé dès le milieu de
juillet 1831 (car c'est à la fin de ce mois qu'eut
lieu mon entrevue avec M. Varenard), j'étais dénoncé, dis-je, comme ayant distribué des écrits
infâmes et *abominables*. Mais ces écrits, quels étaient-
ils ? Je n'en sais rien. M. le procureur du roi n'en
savait pas davantage lui-même, quoiqu'il les qua-
lifiât d'une manière aussi sévère.

Etaient-ce les Philippiques ? Mais non ; car celles-ci
n'ont été publiées qu'environ un mois plus tard
si j'en juge par la date des plaintes que leur apparition
a soulevées ; et si c'étaient les Phlippiques, pourquoi
M. Varenard et M. Favre, juge d'instruction, m'au-
raient-ils assuré ne connaître aucun fait positif qui
fût à ma charge ?

Il demeure donc prouvé que j'étais, *in petto*, en
état de prévention long-temps avant l'apparition des
Philippiques. C'est un fait que je prends soin d'éta-

blir dès à présent comme une pierre d'attente pour ma prochaine justification.

Il est facile de prévoir ce qui devait arriver , et ce qui arriva en effet lorsque les Philippiques parurent ; on ne fut pas lent à jeter les yeux sur moi, ni à me faire une visite domiciliaire , où cette fois et pour la première fois depuis qu'on en faisait à Lyon, on observa scrupuleusement les solennelles formalités voulues par l'ordre légal.

Le 27 septembre, M. le procureur du roi, M. le juge d'instruction , le commissaire central, et une demi-douzaine d'agens de police , vinrent troubler la gaieté d'un déjeuner de famille , auquel ils n'étaient point attendus.

La visite domiciliaire se fit exactement , mais sans vexation. M. le commissaire central feuilleta tous mes papiers ; nous n'eûmes toutefois qu'à nous louer de sa politesse et de sa discrétion.

Cette première opération terminée , M. le juge d'instruction me représenta des rapports signés par moi, mais dont le corps d'écriture appartenait à une main étrangère ; il me demanda si je connaissais ces rapports; je répondis affirmativement.

Il me fit voir ensuite les deux pamphlets incriminés , me disant que l'on m'en attribuait la publication , ce que je niai hautement. Ce fut alors qu'il mit sous mes yeux certaines enveloppes de lettres dont la suscription me parut être de la même main que mes rapports , et me demanda ce que je pensais de cette ressemblance , si j'avais un secrétaire, et si je consentais à déclarer son nom.

Je répondis sans hésiter, au juge d'instruction, que les deux écritures me paraissaient identiques comme à lui, mais que je n'étais pas assez habile écrivain pour décider la chose, que je n'avais jamais eu de secrétaire attitré, ce dont on pouvait s'assurer au tribunal de première instance, en examinant les copies de plus de mille rapports, copies qui avaient été transcrites tantôt par une main, et tantôt par une autre ; que le plus souvent je me servais pour ce travail, et selon les convenances, de la main de mon père, de mon frère, de ma femme, de mes amis, et plus rarement de quelques scribes mercenaires.

J'observai ensuite à M. le juge d'instruction, que je ne pouvais être ni légalement ni équitablement responsable de mes copistes quels qu'ils fussent.

Quant au nom de l'homme qui paraissait avoir écrit les adresses, je me refusai à le décliner, alléguant que le rôle de délateur ne me convenait nullement, et que c'était à la police à faire les recherches qui lui paraîtraient convenables.

M. le procureur du roi insista et me fit apercevoir que mon refus me compromettait. Mais je lui fermai la bouche en faisant un appel direct à son honneur : *Si vous étiez à ma place, lui dis-je, vous en feriez autant que moi.*

Je subis enfin un long interrogatoire sur mon voyage à Besançon ; j'en avais alors la mémoire fraîche ; il ne me fut pas difficile d'en raconter tous les détails et de tracer à la justice la voie qu'elle avait à suivre pour faire une enquête dans le pays.

Depuis ce temps-là, Messieurs les Juges d'instruction m'ont tenu en haleine par divers mandats de comparution.

Une fois on me fit venir pour savoir de moi s'il était vrai que j'eusse lu ou plutôt déclamé les Philippiques avec enthousiasme dans des salons. Ce fut la question la plus intéressante de ce tête-à-tête.

Une autre fois, M. le juge d'instruction crut tout de bon avoir acquis la preuve que je l'avais trompé d'un bout à l'autre dans mon premier interrogatoire; je reçus un mandat de comparution, non-seulement pour moi, mais encore pour Mme Faivre, ce qui m'affligea d'autant plus qu'elle était alors fortement indisposée. Il s'en fallut peu que je ne priasse M. Populus de vouloir bien se rendre chez moi pour l'interroger. Cependant elle s'arma de courage, et nous partîmes pour l'hôtel Chevrières.

On demanda à Mme Faivre, qui fut interrogée la première, si elle était allée avec moi à Besançon, si nous nous étions arrêtés à Arbois; si nous avions emporté un ou plusieurs colis. Sur sa réponse négative, M. Populus lui représenta un extrait des registres de MM. Gaillard, duquel il résultait *que le 18 juillet M. et Mme Faivre étaient partis de Lyon pour Besançon avec plusieurs malles ou cartons, qu'ils s'étaient arrêtés à Arbois, etc., etc.* Ma femme invita M. le juge d'instruction à faire une enquête pour constater la vérité. Elle assura qu'il devait y avoir dans ce mystère quelque erreur qu'elle ne comprenait pas.

Cette entrevue devait avoir son côté plaisant. J'admets, dit M. Populus, que vous ne soyez point partie avec votre mari, mais cela ne prouverait pas qu'il fût parti seul. Une autre personne pourrait avoir pris votre place et votre nom !....

Cette insinuation fit sourire ma femme qui persista dans ses dénégations, comme M. Populus dans ses doutes.

Introduit à mon tour auprès de lui, je ne tardai pas à les lever. M. Populus qui avait pris la peine d'aller lui-même chez MM. Gaillard pour s'assurer de la vérité de mes déclarations, avait feuilleté les registres de juillet, en commençant par la fin du mois, et s'était arrêté au 18, époque où par un hasard singulier un homonyme était parti pour Arbois avec sa femme. En remontant jusqu'au 15 juillet il nous eût épargné une vexation inutile, à lui une véritable mystification et à la procédure quelques menus frais.

Ces faits, Messieurs, vous prouvent que l'on n'a rien omis pour établir ma culpabilité. Chacun a rivalisé de zèle pour l'accomplissement d'un tel devoir ; M. Prat a mis ses limiers en mouvement pour déterrer le mystérieux écrivain des adresses ; il n'est pas, dans mon voisinage, de portier, d'épicier, de marchandes d'herbes, à qui des figures hétéroclites n'aient demandé la demeure du secrétaire de M. Faivre ; car on voulait absolument que j'en eusse un. On s'est procuré à tout prix de l'écriture de mon père, de ma femme, de mes amis et même de personnages que je connais à peine de nom.

Je reçus aussi la visite de quelques mouchards, et quels mouchards ? Ecoutez !....

Un quidam se présente chez moi, introduit par un homme dont je ne pouvais nullement soupçonner la bonne foi ; il s'annonce comme un soldat ayant appartenu à l'ancien régiment des grenadiers à cheval, commandés par la Roche-Jacquelin ; il fait haute profession de royalisme et avoue sa profonde misère ; il était effectivement sans chemise et couvert d'habits en lambeaux. La fidélité trouva toujours sympathie dans mon cœur ; je donnai quelque argent à cet inconnu, et lui trouvai des habits pour cacher sa nudité. Il revint chez moi à deux ou trois reprises différentes, et finit par me tenir des propos plus que suspects. A l'entendre, il était à la tête d'une compagnie d'ouvriers et de vieux soldats qni préparaient une insurrection. Aussitôt mon homme fut jugé. C'était bien tard, et j'avoue à ma honte qu'en ma qualité de conspirateur j'aurais dû avoir plus de tact et de défiance. Enfin, puisque j'étais compromis, je voulus savoir à qui j'avais affaire. Je le fis suivre par deux amis qui voulurent bien remplir à ma considération l'office, cette fois fort honorable, d'espions. Nous acquîmes en une heure de temps la certitude que ce prétendu compagnon de la Roche-Jacquelin était tout simplement un de mes bons voisins, un gendarme à cheval qui s'appelait SANS.

Je crus devoir publier cette belle découverte dans les journaux, pour avertir les honnêtes gens du danger qu'il y avait à faire l'aumône et à vêtir les soi-disant gardes-royaux réfractaires.

Je me demandai quels pouvaient être les instigateurs de cette honteuse intrigue. Car enfin il n'était pas croyable que SANS l'eût nouée de son propre mouvement. A coup sûr, ce n'était pas les chefs de la gendarmerie; je savais qu'il n'y en avait aucun qui fût capable de salir l'uniforme de ses soldats par de semblables infamies. Cela est si vrai que SANS a été chassé de Lyon le jour même où je l'ai attaché au pilori de l'opinion publique; ses camarades eux-mêmes applaudirent énergiquement à son expulsion.

Qui donc, je le répète, lui avait appris à exploiter si indignement l'escroquerie au bénéfice de l'espionnage? « Eh bien! en remontant à la source, j'acquis la certitude que cette provocation venait de la police, je ne dis pas de la police supérieure de M. Prat, je n'en suis pas certain. Mais je répète qu'elle venait de la police; je pourrais, et je le ferais, si je n'avais promis d'éviter le scandale, en donner la preuve. Au reste, si l'on m'en défiait, je n'hésiterais pas à publier dès demain ce que je sais, par la voie des journaux, et j'attendrais fort tranquillement que l'on m'attaquât en calomnie.

» Que serait-ce, Messieurs, puisqu'il faut tout

dire, si je faisais la lecture publique d'une lettre que j'ai dans ma poche, écrite de la main d'un subordonné de la police, il est vrai, mais d'un homme qui ne laisse pas d'y occuper un certain rang.

» Cette lettre pleine d'astuce et d'hypocrisie, je ne la montrerai pas non plus, à moins que l'on ne m'y force. Mais j'engage publiquement celui qui l'a écrite, s'il m'entend, et il m'entend, à être plus circonspect une autre fois, et à se rappeler que les écrits demeurent, s'il est vrai que les paroles s'envolent. »

Quoi qu'il en soit, la persévérance que l'on mettait depuis quelques mois à me poursuivre, devait être à la fin couronnée par un succès au moins apparent, c'est ce qui arriva le 11 janvier 1832.

J'ignore sur quels indices M. Prat soupçonna M. Charvin d'avoir imprimé les Philippiques. Je sais seulement qu'il fit comparaître devant lui M. Currat, ce même prote à qui j'avais eu affaire pour l'impression de la réponse à Jacquier et le paiement du prospectus du Philalèthe.

Je n'ai su que par la procédure et par les renseignemens qui m'ont été donnés depuis par M. Currat, ce qui s'était passé entre ce dernier et M. le commissaire central. Le fait est que dans un premier interrogatoire, M. Currat déclara ne rien savoir sur la publication des Philippiques, et qu'une demi-heure après, revenant sur ses pas, il dénonça M. Charvin et moi, l'un comme imprimeur, et l'autre comme éditeur de ces fatales productions.

Que s'est-il passé dans cet interrogatoire? Par quelle incohérence bizarre le sieur Currat a-t-il dit NON à neuf heures et demie, et OUI à dix heures du soir? comment expliquer sa versatilité, ses dénégations, ses aveux, et comme nous le verrons tout-à-l'heure, ses protestations du lendemain contre ses assertions de la veille? enfin jusqu'à quel point le témoignage de MM. Boulachon et Spréafico est-il recevable? Ce sont autant de questions que nous examinerons plus tard; poursuivons l'exposition des faits.

Il paraît que la nuit du 11 au 12 janvier ne fut pas aussi bonne pour Currat qu'il se l'était promise. Il s'aperçut probablement que la faiblesse conseille mal, et que la prison vaut mieux qu'une mauvaise conscience.

Que se passe-t-il dans son âme? Il jette avec effroi ses regards sur le passé et sur l'avenir. Son chef était sous les verroux pour une autre cause; son acquittement était certain, sa mise en liberté prochaine. Qu'avait-il fait, malheureux?.... Il venait de le replonger dans l'abîme dont il était prêt à sortir? Mon nom accolé à celui de M. Charvin se présente sans cesse à sa mémoire, s'attache à ses pas et le poursuit comme un remords.

Que faire pour échapper à un tel supplice? ce qu'il a fait : se résigner à la prison, se rendre chez M. Prat, désavouer hautement sa dénonciation, protester contre les menaces dont il avait été circonvenu, réparer enfin, autant qu'il était en lui, le mal qu'il avait fait en cédant aux inspirations d'une vaine terreur.

Currat met aussitôt à exécution le projet que selon ses propres paroles sa conscience lui a inspiré; il proteste avec énergie contre les impostures qui lui ont été arrachées par la violence; on le conduit le lendemain près du juge d'instruction. Il persévère dans sa rétractation, on l'emprisonne; il s'y attendait!... On lui fait subir quelques jours de captivité, après quoi on le renvoie sous caution.

Récapitulons, Messieurs, les faits historiques qui composent le fond et les accessoires de mon procès.

Vous m'avez vu, victime volontaire de mes opinions politiques, sacrifier mes places et tous mes intérêts personnels aux inspirations de ma conscience. Si c'est un crime passible de quelque peine, je m'y dévoue sans murmure.

Une circonstance purement fortuite me met en rapport avec le prote de M. Charvin; c'est bien moi qui ait fait imprimer pendant l'été de 1831 l'opuscule anonyme, intitulé *Réponse à Jacquier.*

Le 15 juillet, la maladie de mon frère m'appelle à Besançon; je reviens le 25 du même mois; mais en mon absence, des nuages de mauvais augure s'étaient amoncelés sur ma tête, mille bruits absurdes avaient couru sur mon voyage; j'apprends du procureur du roi lui-même que la police m'a dénoncé sans preuve, sans sorps de délit, comme distributeur d'écrits *infâmes* et *abominables.* Je donne ma démission comme médecin assermenté près des tribunaux.

Un mois plus tard les Philippiques paraissent; il était naturel que les soupçons tombassent sur moi, puisque j'étais depuis long-temps en état de prévention permanente. On fouille mon domicile, on n'y trouve rien. Mais les corps d'écriture de quelques-uns de mes rapports ressemblent à la suscription des adresses déférées au procureur du roi : dès lors, investigation de police, mandat de comparution, et divers interrogatoires dont je vous ai indiqué le résultat.

Plus tard, M. Prat s'empare de Currat; il l'interroge. Au premier abord Currat répond négativement. On le menace, il chancèle, on lui fait voir ouverte pour le recevoir, la porte de la cave; Currat se résigne et dit OUI partout où il avait dit NON. Il jette à tout hasard mon nom à la tête de M. le commissaire central, et va se coucher.

Le lendemain le remords l'éveille (si toutefois il s'était endormi !...) la fièvre de la peur, les dangers de la prison, s'étaient évanouis; il ne restait plus à Currat que la funeste certitude d'avoir compromis, par un mensonge, M. Charvin et moi.

Il se décide, il court chez le commissaire central et proteste avec énergie contre ses propres révélations.

Messieurs, vous savez le reste. A présent ma tâche se borne à vous présenter en peu de mots la valeur des charges qui pèsent contre moi. Encore un moment d'attention.

Quai-je donc fait? On m'accuse de deux délits : le premier d'avoir distribué les Philippiques, le se

cond de les avoir fait imprimer. Examinons l'un
après l'autre ces deux chefs d'accusation et rédui-
sons-les à leur juste valeur par la voie du rai-
sonnement.

J'ai, dit-on, distribué les Philippiques!... Mais où
en est la preuve? La suscription des adresses est,
selon messieurs les experts, de la même main que
mes rapports!...

Moi, je ne suis point expert en écriture, aussi
n'ai-je point la prétention d'infirmer leur témoignage
de mon autorité privée. Tout ce que je sais, c'est
que les expertises de ce genre sont les plus équivo-
ques de toutes. Ce qui le prouve, c'est que les rapports de MM. les écrivains sont toujours non-
seulement contestables et contestés, mais encore
très-souvent réduits au néant par les décisions des
tribunaux.

« La raison en est toute simple, il en est de l'é-
criture comme de tous les autres signes extérieurs
et caractéristiques des individus.

» En général la physionomie d'un homme, les
traits de sa figure, son geste, sa démarche, le son
de sa voix et son écriture ont un cachet original
qui le distingue de tout autre homme.

» Mais il peut arriver (et les exceptions de ce
genre sont fort communes) qu'un homme res-
semble parfaitement à un autre par un ou plusieurs des signes caractéristiques que je viens d'énu-
mérer. Or, la ressemblance des écritures est plus
commune que toute autre, surtout parmi les per-

sonnes exercées à peindre correctement, par la raison que l'art d'écrire n'est point un don que l'on reçoive en naissant comme le son de la voix, les traits de la figure, le mode d'expression de la physionomie. Aussi tous les procédés de la calligraphie étant à peu près identiques, une foule d'écritures le sont nécessairement entre elles.

» Il n'est donc pas étonnant que MM. les experts, malgré toute leur habileté, commettent de si fréquentes erreurs. »

Au reste, il m'importe assez peu qu'ils se soient trompés ou non dans la circonstance qui nous occupe. Il s'agit de savoir si en admettant que le copiste de mes rapports ait réellement écrit la suscription des adresses, il s'ensuit rigoureusement que ce soit moi qui les ait fait écrire, ou bien que je doive désigner l'écrivain et le mettre par une lâche dénonciation entre les mains de la justice.

Et d'abord, pour résoudre ces questions, il faut en poser d'autres.

Est-il constant que cet homme soit ce que l'on appelle *un secrétaire?* Non, je n'en ai point et n'en ai jamais eu.

A quoi me servirait-il? A quoi m'eût-il jamais servi? A copier quelques rapports dans le temps où j'en faisais? Mais j'ai déjà dit que je chargeais indifféremment toutes sortes de mains de les transcrire; c'est, je le répète, une chose par trop facile à vérifier aux greffes de nos tribunaux.

Si j'avais eu un secrétaire dans le temps où paru-

rent les Philippiques, comment la police ne l'au-
rait-elle pas trouvé? La police, dont les yeux d'Argus
ont épelé pendant trois mois les noms de tous ceux
qui ont mis le pied dans mon cabinet ou dans mon
salon.

Mais en admettant que j'aie eu un secrétaire,
faut-il en conclure qu'il ait écrit les adresses des
Philippiques sous mon inspiration ?

Non, mille fois non ! Si j'avais été capable de
pareille chose, je n'aurais pas été, que je sache,
assez gauche pour me servir d'une main que je
savais n'être point inconnue au parquet, à ce parquet où j'avais été dénoncé depuis long-temps
comme distributeur d'écrits séditieux. En vérité,
j'ai honte que l'on m'ait supposé si peu de finesse!

S'il est vrai que le même personnage qui a trans-
crit mes rapports soit l'écrivain des adresses (ce
que je suis loin d'affirmer, car je n'en crois rien),
MM. du parquet, imbus des préjugés qu'ils avaient
contre moi, ont dû, je l'avoue, former des conjectures peu favorables pour moi; et dans cette hypothèse, j'accorde qu'ils ont pu me soupçonner sans
trop d'injustice. Mais il y a loin d'un soupçon aussi
conjectural, d'une présomption aussi vague à une
certitude.

Car, après tout, si, pour m'accuser, ils ont admis
une hypothèse, vous conviendrez, Messieurs, que
pour me défendre, il m'est bien loisible d'en créer
quelques-unes à mon tour.

Eh bien! Il se peut que mon secrétaire (puisque

secrétaire il y a) serve à différentes heures ou à différens jours cinq ou six personnes qui ne l'occupent pas plus que moi. Car, au bout du compte, je ne suis point en position d'avoir pour commensal un homme qui soit exclusivement à mes ordres. Or, si cela est ainsi, sera-t-il conforme à la droite justice que je demeure responsable de ses actions?

Et ce prétendu secrétaire ne saurait-il avoir tout comme un autre ses opinions personnelles, une foi politique à sa façon? Répugne-t-il à croire que de son propre mouvement il ait écrit ces fatales adresses que l'on s'obstine à m'attribuer?

Enfin, car il faut tout prévoir, si ce mystérieux écrivain est un mercenaire, il se peut qu'il soit connu comme tel par d'autres que par moi. Peut-être a-t-on trompé sa bonne foi. Il n'est point trop absurde, ce me semble, de supposer que les véritables distributeurs des Philippiques les aient renfermées et cachetées sous des plis et qu'ils les aient portées chez cet homme avec une liste d'adresse, en lui faisant accroire que c'étaient quelques prospectus, ou quelques lettres circulaires de commerce. Pourquoi non? Tout cela n'est ni plus ni moins vraisemblable que ma participation à l'écriture des adresses.

Je n'en finirais plus si je voulais vous jeter dans une mer d'incertitudes; car jusqu'à présent j'ai considéré l'auteur des adresses comme un scribe mercenaire. Mais si c'était tout autre homme, mon frère, une de mes sœurs, un de mes neveux, un parent quelconque, un de mes amis ou de mes anciens, élèves ? Si cet homme, quel qu'il soit, était étranger ou non à la ville de Lyon, que diriez-vous ? et que fallait-il faire ?

J'ai compris, selon MM. de la police, j'aurais dû décliner ses noms et prénoms, son âge, son sexe, sa profession, sa rue, le n° de la maison, l'étage où il demeure, et semblable au bourgmestre de Saardam, M. Prat avec son intelligence naturelle, n'aurait pas manqué de lui mettre la main dessus. Fi donc !

Je sais bien les conclusions que l'on tirera de mon silence, on dira charitablement que si je me tais, c'est que j'ai de bonnes raisons pour cela et que ma discrétion n'est qu'une preuve de ma culpabilité. Eh bien ! Messieurs, je vous répéterai aujourd'hui ce que j'ai dit le 27 septembre au procureur du roi : *Si vous aviez été et si vous étiez à ma place, vous auriez fait et vous feriez comme moi.*

Et si j'avais eu la bassesse, l'insigne lâcheté de prononcer un nom qui ne doit jamais sortir de ma bouche, que serait-il arrivé, je vous le demande ? La première chose que l'on aurait faite eût été de s'emparer du prévenu ; on l'aurait provisoirement déposé à Roanne : interrogé le lendemain ou trois mois après, il s'en serait tenu à des dénégations, ou aurait fait des aveux, je n'en sais rien. La seule chose que je puisse garantir, c'est qu'aucun nom propre ne serait sorti de sa bouche, leçon terrible qui m'aurait couvert de confusion et dont la seule pensée me fait frissonner de la tête au pied !…

En supposant qu'on ait pu l'arrêter le 27 septem-

bre 1831, nous sommes aujourd'hui au 23 août
1832, il aurait donc souffert par ma faute, innocent ou non, près d'une année de détention!... Et
tandis qu'aujourd'hui je le verrais à ma place sur
le banc des accusés, je serais assis, moi son témoin
à charge, à côté de MM. Prat, Boulachon et
Spréafico!... Oh non!

J'arrive enfin au second délit dont je suis prévenu,
savoir : l'impression à mes frais, ou si l'on veut
l'édition des Philippiques.

Examinons à présent jusqu'à quel point la dénonciation de M. Currat peut me compromettre, car,
je vous prie de le remarquer, ce témoin est le seul
qui m'ait désigné comme ayant remis à M. Charvin,
que je ne connaissais pas alors, le manuscrit des
pamphlets incriminés.

Avant d'entrer en matière, je vous ferai remarquer une singularité. C'est qu'il ne soit pas venu à
la pensée de M. Prat de demander à Currat, pendant qu'il était en train de faire des révélations, la
date précise de la prétendue impression des Philippiques. Etait-ce au commencement, au milieu, ou à
la fin de juillet? Car M. Populus, dans le dernier
interrogatoire qu'il me fit subir, m'assura que le
prote de M. Charvin avait désigné vaguement le
mois de juillet, comme l'époque où l'édition dont
il s'agit avait été faite.

Cette question ne m'était pourtant pas indiffé-
rente, car vous conviendrez, Messieurs, que si les
Philippiques ont été imprimées à Lyon, du 15 au 25

juillet, ou postérieurement à cette époque, la justice aurait bien perdu son temps à me poursuivre pendant quatre mois comme distributeur en Franche-Comté, d'écrits séditieux qui n'auraient vu le jour que pendant mon absence, ou postérieurement à cette époque.

Je fis dans le temps cette remarque à M. le juge d'instruction qui ne trouva dans sa logique rien de bon à y opposer.

Mais j'abandonne volontiers ce terrain pour m'asseoir sur un autre plus solide. Encore une fois, M. Currat est le seul homme au monde qui m'ait désigné comme l'auteur des Philippiques; il n'y a donc en réalité que son témoignage que l'on puisse opposer à mes dénégations.

Pourquoi ne m'emparerais-je pas pour ma défense de cet adage consacré par le droit et par le sens commun?

Un seul témoin, point de témoin.... Testis unus, testis nullus....

En effet, Messieurs, examinons la question sous un nouveau point de vue.

Que m'importe que M. Currat ait dit alternativement oui et non sur ce qui me concerne? je ne sais qu'une chose, c'est que sur deux interrogatoires qu'il a subis, il en est un où il a égaré la justice en me désignant comme l'éditeur des Philippiques. Qu'il y ait eu erreur ou mensonge de sa part, qu'il se soit rétracté ou non le lendemain, peu m'importe, c'est un témoin unique qui ne prouve rien.

Il faudrait, pour corroborer ses assertions et pour leur donner une valeur qu'elles n'ont pas, il faudrait, dis-je, qu'il y eût un ou plusieurs autres témoignages parfaitement concordans avec le sien, ou tout au moins un corps de délit, un manuscrit autographe, ou des épreuves corrigées de ma main.

Jusque là, je n'ai rien à craindre ni à perdre, et il m'est fort indifférent, je vous l'assure, que M. Currat persévère ou non dans ses allégations.

Si dorénavant je m'occupe de sa rétractation, c'est que cette rétractation est un fait que je n'ai ni désiré ni provoqué, et dont il faut pourtant que je donne l'explication. C'est la solution d'un problème qui est tout aussi embarrassant pour moi que pour M. le procureur-général lui-même.

Il faut donc, Messieurs, que je discute ce double interrogatoire subi par Currat dans la soirée du 11 janvier et que je vous explique, par la connaissance que j'ai de l'homme et des choses, ses dénégations, ses aveux et ses protestations du lendemain contre ses assertions de la veille.

Le moment est venu, je le sens, où je vais entreprendre une tâche difficile, celle de me défendre, sans attirer, malgré moi, quelque animadversion sur les moyens odieux mis en œuvre par M. Prat, pour arracher des paroles de mensonge à un malheureux qui probablement se les reproche aujourd'hui avec amertume.

Messieurs Prat, Boulachon et Spréafico vous affirment que la dénonciation calomniatrice de

Currat est sortie spontanément de sa bouche! Mais moi, accusé et par conséquent intéressé à la chose, n'ai-je pas dû fouiller la procédure? Or, c'est à la lettre de la procédure que je m'en tiens.

Le procès-verbal du deuxième interrogatoire de Currat dit expressément que celui-ci fut menacé *d'être arrêté* s'il persistait dans ses dénégations. La menace de la prison est-elle, je vous le demande, une voie sûre, je dis plus, une voie légitime pour découvrir la vérité?

D'ailleurs, il faut tenir compte du moral des personnages à qui on a affaire. Si de pareilles menaces m'eussent été adressées à moi, je m'en serais fort peu inquiété. Mais un homme faible au moral comme au physique, fort étranger jusque là aux formes brutales de la police, a-t-il pu résister à ces vagues mouvemens de terreur, dont les hommes les plus vigoureusement trempés ne se défendent pas toujours? Croyez-moi, la perspective d'un cachot est triste à l'entrée d'une longue nuit d'hiver; l'appareil inquisitorial, dont un chef de police se plaît à s'entourer, est peu rassurant; l'accusateur a pour lui toute la supériorité de l'attaque et de la force, et son faible adversaire toute l'infériorité de la démoralisation et de la peur.

Est-il donc étonnant que ce dernier chancèle, qu'il pâlisse, que ses idées s'embrouillent, et que, subjugué par une vaine frayeur, il se laisse aller à de fausses allégations!

Si j'avais envie de faire de l'effet, et de me

jeter dans la carrière du scandale, je serais en droit de hasarder beaucoup de conjectures sur cet interrogatoire à huis clos et sur ses malencontreux résultats.

Qui peut savoir jusqu'où a été poussée, je ne dis pas la torture morale que l'on a fait subir à Currat, le mot serait peut-être trop dur, mais la sévérité pour le moins étrange de l'interrogatoire nocturne du onze janvier ?

Monsieur Prat nous assure que s'il y a eu des menaces de sa part, *c'était moins que rien;* Currat à son tour prétend que *c'était beaucoup:* pour moi dont le nom a été fortuitement glissé dans cette malheureuse affaire, je prends entre les deux extrêmes un terme moyen, une espèce de juste-milieu, et je prétends que *c'était bien au moins quelque chose!* car, qui nous persuadera que Currat interrogé deux fois sur la même question ait répondu NON à neuf heures et demie et OUI à 10 heures du soir, sans une influence étrangère, sans une cause déterminante ?

S'est-on borné à de simples menaces ? cela est possible; mais je n'en suis pas convaincu; loin de là, j'ai la certitude que pour circonvenir Currat on n'a dédaigné ni le mensonge ni la séduction; mais comme nous n'avons d'autres témoins à consulter que Currat d'une part, et de l'autre MM. Boulachon et Spréafico, ces derniers ne trouveront pas mauvais, je l'espère, que je discute librement la valeur de leur témoignage.

M. Boulachon est le secrétaire particulier de M. Prat, il appartient donc et à la police dont il fait partie, et au chef dont il possède la confiance intime. Est-il bien sûr que pour rendre un pur hommage à la vérité, il se décide à nous révéler les secrets de son patron ? Le croira qui voudra ; mais à moi permis non-seulement de m'en défier, mais encore de soumetttre à l'intelligence de mes juges les doutes qui se présentent naturellement à la mienne.

Quant à M. Spréafico, je ne le connais pas du tout. Mais ce qui vient de se passer sous vos yeux vous donne la mesure de la confiance que vous devez accorder à sa mémoire (1).

« Il ne me reste plus qu'à vous entretenir d'un fait personnel que je dois pour cette raison relever personnellement.

» Je ne suppose point que M. Prat soit un homme à passions haineuses ; je le crois incapable de se laisser emporter par un zèle aveugle à des insinuations qui puissent compromettre l'honneur des pré-

(1) M. Spréafico, appelé en témoignage pour déposer en faveur de M. Prat contradictoirement à M. Currat, avait tellement oublié les faits sur lesquels il devait être interrogé, qu'il ne s'est pas même souvenu de la première déposition par lui signée en janvier devant M. le juge d'instruction.

Selon M. l'avocat-général, l'affaiblissement des facultés mentales du témoin aurait une cause glorieuse, savoir un coup de pavé qu'il aurait reçu à la tête lors des fatales journées de novembre.

venus qui ont été assez malheureux pour mériter son attention.

» Cependant il existe dans la procédure une lettre écrite de sa main à M. le procureur du roi dans laquelle il lui annonce la rétractation de Currat ; j'y ai trouvé cette phrase hasardée, je dirai plus, calomnieuse : Faivre a acheté cette rétractation a force d'argent. Si ce ne sont ses paroles expresses, c'en est le sens ; si le fait n'est pas affirmé d'une manière aussi positive, il ne s'en faut de guère.

» Comment M. Prat s'est-il oublié au point de se permettre une pareille inculpation ?

» Moi, suborner un témoin ! moi le pousser au parjure ! mais ceux qui m'entendent et qui me connaissent savent que je ne serais pas capable d'un tel crime pour sauver ma tête ; jugez si je le ferais pour éviter une amende et quelques mois de prison !

» Si je voulais user de représailles et combattre M. Prat avec ses propres armes, ne serais-je pas en droit de lui renvoyer la calomnie, et de vous faire entrevoir qu'ayant à sa disposition les fonds secrets de la police, il lui eût été plus facile qu'à moi d'acheter M. Currat, s'il était vrai que la conscience de M. Currat pût s'acheter avec de l'argent.

» Mais loin de moi une pareille récrimination ! Je ne rendrai pas le mal pour le mal, je me bornerai à excuser les hommes, en tenant compte des circonstances impérieuses où ils sont placés. »

Les chefs de la police, par leurs relations continuelles avec ce qu'il y a de moins honorable dans la société, s'accoutument à regarder les choses de travers, et à désespérer des vertus humaines. Confondant sans pitié toutes les infortunes qui passent par leurs mains, ils ne distinguent point entre les coupables. Républicains, royalistes, assassins et filous, c'est tout un dans la tête et dans le cœur de ces messieurs, comme sur le banc impassible où nous sommes assis !

Et quelle que soit la scrupuleuse délicatesse des magistrats qui dirigent la police, il n'est pas toujours facile de concilier les devoirs de ces hautes fonctions avec une égalité d'ame et une modération inaltérables. On se laisse aller par une pente insensible et dont on ne s'aperçoit pas soi-même, du zèle et du dévouement à je ne sais quel désir barbare de trouver des coupables. La loyauté s'évanouit; tous les moyens deviennent bons pour atteindre un prévenu *et arriver une affaire*, comme on le dit dans la langue de la police.

Cette tendance irrésistible est un malheur sans doute, mais je conviens moi-même qu'elle a sa source dans la force des choses; la tâche d'un accusé se borne à lutter contre ses conséquences avec plus ou moins de bonheur.

Messieurs, ma tâche est terminée; j'avais promis à mon début de préserver ma défense de ce ton aigre et morose qui prouve moins l'innocence d'un accusé que sa mauvaise humeur contre les hommes du pouvoir et contre les lois bonnes ou mauvaises qui régissent son pays. J'espère avoir tenu parole.

« Je ne me dissimule pas la gravité de la double
accusation qui pèse sur moi. Si j'étais prévenu isolé-
ment de la distribution ou de l'édition des Philippiques, cela ne serait rien, parce que ni l'un ni l'autre
de ces deux faits n'est établi d'une manière assez
positive pour entraîner une conviction pleine et
entière. Mais leur coïncidence malheureuse jette un
vernis funeste sur le fond de cette affaire, et éta-
blit, quoique je fasse, une prévention défavorable
à ma cause.

» Vous voyez, Messieurs, que je ne cherche point
à décolorer le tableau, ni à me repaître de vaines
illusions. Essayons toutefois, par un dernier effort,
de dissiper ce nuage.

» Est-il évident, est-il prouvé que ce soit moi qui
aie fait écrire la suscription des adresses? J'avoue
qu'il y a bien matière à soupçons contre moi, mais
ces soupçons reposent sur une hypothèse que je
peux renverser par d'autres qui ne sont ni plus ni
moins probables que la première. Dans le doute,
vous prononcerez en faveur de l'accusé et vous
direz NON !

» Est-il plus rigoureusement démontré par la dénonciation de Currat, que ce soit moi qui aie donné
le manuscrit des Philippiques à M. Charvin? Mais
la dénonciation de Currat n'a pas été libre; mais
M. Prat ne l'a obtenue qu'en le menaçant de la prison
et en appuyant cette menace d'un mensonge; car
remarquez, Messieurs, ce que vous a dit tout-à-l'heure
M. le commissaire central: selon sa propre déposi-

tion, il aurait fait accroire à Currat, le 11 janvier,
qu'il avait à sa disposition un ou deux témoins pour
contredire ses premières dénégations. Si cette asser-
tion n'était pas vraie, j'ai raison de l'appeler un mensonge ; si elle était vraie, que sont devenus ces deux
témoins ? Pourquoi ne les a-t-il pas fait comparaître au parquet de première instance lorsqu'on
instruisait la procédure ? enfin, pourquoi ne sont-ils
pas ici aujourd'hui ? Certes, l'occasion était belle.
Mais vous avez déjà compris que M. le commissaire
central n'avait pas de témoins. L'heure est venue de
le dire hautement : Currat a été dans cette occasion
la dupe de la police ; sa dénonciation est donc nulle
de plein droit, et vous ne devez croire qu'aux dénégations qui l'ont précédée et suivie.

» Et quand cette dénonciation aurait toute la valeur que lui suppose M. l'avocat général, me con-
damnerez-vous, Messieurs, sur la déposition d'un
témoin unique, d'un homme qui, vous en conviendrez vous-mêmes, a pu se tromper dans un moment de trouble, et qui en effet s'est cruellement
trompé en me nommant?

» Ainsi, tout l'échafaudage de l'accusation repose
sur des conjectures hasardées. La déposition de Currat
qui en forme la pièce la plus solide, est elle-même
entourée de nuages, d'incertitudes, de doutes inso-
lubles qu'une année de débats n'éclaircirait jamais.
Appelés à prononcer sur mon sort et à juger ce
cahos, vous vous abstiendrez encore dans le doute,
et vous direz NON.

» Quant à la coïncidence des deux faits qui servent
de base à l'accusation, vous la considérerez comme
pouvant être l'effet du hasard. Vous ne croirez jamais que deux préventions qui séparément croulent
d'elles-mêmes ; équivalent à une certitude. Vous
vous souviendrez enfin de l'appel logique que je
fais à votre conviction, à cette conviction conscien-
cieuse d'après laquelle vous allez me juger. Déga-
gez-vous, Messieurs, de toute prévention, et dans ce
moment solennel où, vous recueillant religieuse-
ment, vous allez interroger avec calme votre for
intérieur, soyez sûrs que vous y trouverez cette
réponse : LA CULPABILITÉ DE FAIVRE EST POSSIBLE,
MAIS SON INNOCENCE EST PLUS PROBABLE. Car c'est à
la police, et non point à vous, Messieurs, qu'il faut
une victime à tout prix ! Eh bien ! cet arrêt me
suffit. Vous l'avez déjà prononcé dans vos cœurs ; il
est pour nous tous le gage d'un prochain acquittement. »